大阪の俳句ー明治編別巻

明治大阪俳壇史

編集・大阪俳句史研究会

ふらんす堂刊

目次

蓮看《はすみ》の蓮看ず　(上)

中川紫明《しめい》

浴罷呼杯杯未到、一盆茉莉欲開時、(1)と山陽を気取りて簟《たかむしろ》の上に晩涼を愛したる時、端《はし》なく表に案内請ふ人あり。誰《だれ》ぞと問へば取次《とりつい》で寒川(2)さんと今お一人と云ふ。予《かね》て浪華《なにわ》より露石(3)君の来るよし聞き居《おり》たれば、定めて其《その》人ならんと出で迎へば果して然《しか》り。一見《いちげん》旧知の如く請じ入れて、先《ま》づ問ひたるは時候の寒暖にあらで圭虫集(4)のことなり。露石君笑ふて云ふ、印刷未《いま》だ成らず、今日袖にして来るを得ざりしは遺憾なりと。鼠骨(2)生云ふ、今日は妙心寺の某院に遊びたりと。鼠骨生は若いくせに寺好きなり。露石君定めて迷惑したらんと思へば此《こ》れも案外なり。

簟 囲 碁 に 集 る 僧 五 六　露石

との吟に、扨《さ》ては君《くん》も禅臭き人よと、其《そ》の遊びの模様も推測《おしはか》られ、暑を洛西の寺に避け、苔青き庭を前に法眼《ほうげん》の古襖《ふるぶすま》明け放ちて、清風《せいふう》に烏鷺《うろ》を闘はしたるの幽興羨ましく思はれぬ。

斯《か》くて三人打《うち》連れ我家を出でぬ。西大谷(5)の蓮看んとてなり。二条より高瀬川に沿ひて下りぬ。

橋の下に牛つなぎけり夏の川　鼠骨

後から鐸《たく》鳴らして空のはりがねに人工の電火を飛ばし轟々《ごうごう》と車輪の鏘《きし》るは例の殺風景なる電気鉄道なり。

四条の橋を渡るに名物と聞えたる河原の納涼は浅瀬に浸したる床几《しょうぎ》の数さへいと少なく、借馬屋の埒《らち》は見えたれども、昔《むか》しの繁華には比ぶ可くもあらず。之《こ》れに反して先斗町を始め、西岸一帯の涼《すずみ》棚は、北は二条の橋を越えて三樹(6)にも及び、南は西石垣を過ぎて五条に達し、づらりと並びて極めて繁昌、知るべし今は河原の納涼の、変じて家々の檐《のき》の下に移りたるを。興行物の少き亦《ま》た怪しむに足らず。一たび新京極街を通らば河原に小屋掛《がけ》の無き所以《ゆえん》を悟るを得ん。露石君が橋の欄干より、彼方を見て興醒め顔したるも尤《もっと》もなり。

萬花園の雁来紅早《はや》麗《れい》ならんとて行きたるに、果して玄関の前に数茎あり。

葉鶏頭の簷《のき》より高き庵かな

奥の庭見んとしたれど、俗客の混雑せるに辟易し、去ッて祇園の華表(7)前に出でぬ。

夕日さす茂りの中の鳥居かな　鼠骨

西行庵(8)を驚ろかし、茶を請はんとて東大谷の木下闇に入る。

白骨のみてら涼しき木立かな

双林寺(9)の青芝の麗はしき、ベースボール遣つて見たき心地しぬ、彼方を見れば西行庵は早や鎖《とざ》したり。

隠れ家の蟬鳴く戸夕日に鎖したり　鼠骨

日の尚《な》ほ残れるに、戸を鎖すとは何ごとぞ。主の僧の又もよしこの(10)の巻開きに行かんとて、斯《か》くは早く来客を謝絶したるにはあらざるか訝《いぶか》し。

風涼し裏で誰やら行水す

高台寺の萩は如何《いかん》と西に去り、芭蕉堂(11)の前過ぎ行きぬ。

大雅堂(12)や西行庵や芭蕉堂

歌《か》楼《ろう》舞《ぶ》榭《しゃ》(13)真葛が原に葛咲かず

(1)「浴をおえて杯を呼ぶ。杯いまだ到らず、一盆の茉莉開かんとする時」と読む。

(2) 寒川鼠骨（さむかわそこつ）。「日本」「日本及日本人」の記者をつとめた。

(3) 水落露石（みずおちろせき）。大阪船場の俳人、。正岡子規門下。

(4) けいちゅうしゅう。水落露石の第一句集『圭虫句集』のこと。

(5) 西本願寺（浄土真宗本願寺派本願寺大谷本廟）。蓮の名所だった。京都市東山区五条坂。

(6) 三本木。あるいは三条の誤植？

(7) ぎおんのかひょう。八坂神社の石鳥居。

(8) 京都市東山区の双林寺の飛び地境内にある。

(9) 最澄の創建と伝えられる天台宗の寺。京都市東山区にある。

(10) よしこの節《ぶし》。江戸時代の流行歌。囃子詞を「よしこのよしこの」といったからという。

(11) 加賀の俳人・高桑闌更が芭蕉をしのんで営んだ堂。西行庵の隣。

(12) 池大雅の旧居。双林寺の境内にある。

(13) 歌楼舞榭。歌妓がいる料亭（妓楼）の舞台。

蓮看の蓮看ず　（下）

中川紫明

既にして高台寺の境内に入る。蟬の声遠近《おちこち》に喧《かし》まし。石磴を登りて萩を尋ねたるに、果して尚ほ早し。唯だ一枝二三の花を着けたるを見たるのみ。

初秋や萩のつぼみの薄赤み　露石

まだ萩は蕾ながらの名所かな

茶店さへまだ見えざれば、腰かけて憩ふべき捨床几《すてしょうぎ》もなし。露を置きたる草の中を、そこはかとなくうろつきて扨《さ》て、西大谷の蓮が散歩の目的なれど、目的ある散歩は散歩にあらずと云ふ西哲(1)の教へもあり。且《か》つは日已《すで》に暮れんとしたれば、夜桜と云ひ夜牡丹と云ひ、如何に京都の風流が夜の花を愛するとて、夜蓮看とは余り極端ならんと、終《つい》に我が蓮看は蓮看ずに帰途に就《つ》きたり。されど露石鼠骨両氏共に京名所は知らぬ所なしと云ふほどの京通なれば、目鏡橋(2)の畔に行かずとも、紅蓮《ぐれん》と白蓮《びゃくれん》と橋を中に咲き乱れ、池畔の掛《かけ》茶屋には蓮めしありなどの招牌あげたる光景は、恍として眼の前に見えたらん。

目鏡橋の右も左も蓮かな

下河原を経て鳥居本楼(3)に登りぬ。一酔を買はんとてなり。三階の眺望近く東山に対し、翠掬《みどりきく》すべし。

涼風や我れ浴して後楼に上る　鼠骨

杯盤出で、運座催さんなど云ふ中、杯先づ廻りて、思ひ〳〵口ずさみたるもの少からず。即景の可笑《おかし》きは

雛僧の経あはれなり秋の夕　露石

の吟にて、楼下に寺あり小僧繰返し〳〵経習ふ声の憐れに聞えたればなり。

天清く星明かに、清風徐《おもむ》ろに到り、窓を窺《うかが》へば彼方に遠く無数の灯火を認め、夜露欄外の樹に滴らんとす。

夕涼し京の灯窓にきらめきぬ　露石
二階から見たる四条の納涼かな
床涼み夜更《ふけ》てあすの秋を知りぬ　露石
半分は簷《のき》にかくれて天の川
天の川阿弥陀が峰へ流れけり　露石
鮎肥えて猪《ちょ》口《こ》麗はしき蓼酢かな
七夕や歌を案ずる京をんな　露石

出放題に笑ひ吟じたる時、離れ座敷義太夫語る男あり。夕顔棚の此方より(4)などうなれどいと熱苦し。

離れ家の浄瑠璃をかし夏の月
京の蚊がそろり〳〵とさしに来る　露石

三人寄れば文殊の智恵と云ふ。酒間終に京阪に於ける俳友の会同《かいどう》を謀り、会名を満月会と呼び、専ら日本(5)紙上に俳句を寄する人々を以て組織するの議を決し、十時過ぐる頃我《わ》れは直《すぐ》に家に帰り、露石君は鼠骨生と去りて行く所を知らず。後にて聞けば吉田なる下宿屋に月に眠り、翌朝下加茂に遊び、午後の汽車にて浪華《なにわ》に帰りたりとて其《そ》の途中の吟に云《いわ》く、

夕立ぬ山崎の山淀の川　露石

満月会の趣意書は、追て御披露に及ぶべし。

(1) アリストテレス?
(2) 西本願寺門前の皓月池にかかる円通橋の通称。
(3) とりいもと。京都市祇園の懐石料理店。
(4) 『絵本太功記』「夕顔棚の段」の一節。
(5) 正岡子規の俳句短歌革新運動の拠点となった新聞。明治二十二年創刊。

京阪俳友満月会無趣意書

五百木瓢亭《ひょうてい》

世にはうろたへ者あり。三十一文字又は十七文字の詩形短かきを見ては詩美の内容狭量なりとて則ち之を排《しりぞ》け、此《この》短詩の勃興を見ては是《こ》れ文学思想の堕落なりとて則ち嘆ず。何んぞ知らん短詩は短詩にして初めて詩価有り以《もっ》て長詩と相併立することを。世にはあわて者あり。頃日《けいじつ》俳論の声稍《やや》丶閑《しず》かなるを見ては忽《たちま》ち俳句既に衰頽の運に接せりといふ。何ぞ計らん其の囂々《ごうごう》の声は俳句未解の徒の一時物珍らしさに打騒ぎしに過ぎず、俳道に於て毫《ごう》も消長なきことを。夫《そ》れ盛衰興亡は宇宙の大規、月の盈虚《えいきょ》、花の開落、無情の自然界尚且《か》つ然り。況《いわ》んや多情多恨の人間界に於てをや。俳句豈《あに》独り此規を脱するを得んや。其《そ》の流行の声はやがて不流行の声の前兆にして、而して其の不流行の声はやがて流行の声の前兆なり。思ふに今日隆々の俳運も他日衰頽の俳運なるべし。しかも俳道一のみ。元其の外界の消長に関するなきは恰《あたか》も月の盈虚ありと雖《いえど》も月は則ち月にして月を変ぜず、花の開落ありと雖も花は則ち花にして花を変ぜざるが如し。故に真人《しんじん》は唯《ただ》道を楽《たのし》むで流行を追はず。流行を追はざるが故に能く流行の我を左右することとなし。頃者《けいしゃ》西の京の紫明鼠骨浪花の露石等相計つて満月会の挙あるよし聞きしが果然昨日に至りてそが無趣意書を送り来りぬ。之を見るに諸雅の此挙たる決して彼の所謂《いわゆる》一時の流行の徒を追ふものにあらず。只其の道を窮め其の楽を楽しむの心は以て人と共に楽しみ以て人と共に窮めんとするに在り。其心しかく高く其興しかく清し。思ふに此会の前途仮令《たとい》月には盈虚ありと雖も満月会は常に超然として流行変化の境を脱し、長へ《とこし》に其風光を伝へ来る者有るべし。同好の士若し其道を共にし其楽を共にせんと欲せば左の無趣意書を見よ。

瓢亭主人識(1)

京阪俳友満月会は読んで字の如し。京都と大阪との俳友が満月の夜を以つて相会すと云ふの外に意味ある無し。されど今は何事にも趣意書とか規約とか云ふものなくては物足らぬ心地する人もあらんかと思ひ、斯《か》くは趣意書めきたるものを記したれど、其《その》実別に趣意無きが趣意なり。左《さ》は云へ京阪の意味は敢て世間狭く京阪を以て限るにもあらず。俳友の字義に至りては既に友と云ふ。限るに「日本」の紙上に寄稿せらるゝ同志を以てするの謂《い》ひたり。而して満月の夜を以て会する所以《ゆえん》は花の春に於けるが如く、雪の冬に於けるが如く、月は一時のものならず、四時《しいじ》共に風雅の友とし清興多く、茶にも酒にも佳なればなり。殊に近来何の会と云ふも、土曜、日曜の外には会する日のなきやうに思へる徒の面憎く片腹痛きを覚ゆればなり。之れをしも趣意と云はんには趣意なれども、趣意と云ふほどの趣意にもあらざること此の如し。

明治二十九年八月満月の夜しるす

◎満月会規約草案

一　満月の夜を以て会し、雨天にても構はざる事
一　遅くとも月の出まへ二時間に集会すべき事
一　会場は一定せず毎会予め《あらかじ》「日本」の紙上に報道致すべき事
一　会場には満月会と記したる大提灯を出し目印と致すべき事
一　会は興尽きざるも月の中《ちゅう》せざる前に解散致すべき事
一　政談は月の西より出づることあるも禁制の事
一　酒肴はめい〳〵おのが食ひおのが飲むほど持参すべき事
一　会費は満月に縁ある銀貨若《も》しくは白銅貨を以て十五銭と致す事
一　会費は席料筆紙墨料茶菓料の外尚《な》ほ余りあれば協議の上まんまるき焼芋を買ふ

ことなどあるべし

一　兼題は予め報ずべし一題二句を限る事

一　席上の吟詠及び兼題の詠草は共に取纏めて日本新聞社へ送るべき事

一　出席し得ざる会友は兼題の吟詠を会日までに肝煎《きもいり》の手許へ送付あるべき事

一　会席は或は草の上に設くることあり寺の書院を借ることあり要するに月を坐間の正客と致すべき事

一　会場の選定は京阪両地に於て総て肝煎に一任する事

一　東京其他俳友の来遊に際しては臨時に開会することあるべし　されば来遊の諸賢は成るべく前以て通知あらんことを希ふなり

一　臨時会と云ふと雖《いえど》も成るべく新月、二日月、三日月、上弦、下弦、十三夜、十六夜、二十三夜等の日を以てする事

一　臨時会の至急を要する場合には趣書を以つて通知する事

一　俳友の行脚を思ひ立たる時は通知ありたし席上に披露致す事

一　会友は住所姓名を記し肝煎へ予《かね》て通知ありたし名簿を備へ置くなり

付言

一　此の規約は満月会第一回の日を待《まっ》て議に上《のぼ》し確定すべき事

◎満月会第一回

一　九月二十一日則ち中秋の夜を以て初回を洛東華頂山(2)山門下に於て開く　出席の諸賢は前以て通知ありたし

◎兼題　月

大阪南久宝寺町　仮肝煎　水落　露石
京都二条富小路　同　中川　紫明
京都聖護院前　同　寒川　鼠骨

(1)　五百木瓢亭（いおきひょうてい）。俳人、「日本」の記者。正岡子規門。
(2)　京都知恩院の山号。

京阪俳友満月会第一回記

寒川鼠骨《そこつ》

秋風の一たび無趣意書を、天下に吹き伝ふるや、茲《ここ》に道を同《おなじ》うし流れを共にする、京浪花の風雅の友は、日に書をよせて、同じ月にあくがれんことを、ほりするの士おほく、東は陸奥の月の友より、西は不知火の筑紫のはてに、梅の大臣(1)が配所の月を見るの人まで、賑《にぎや》かに兼題を野分にだくするの有様なるに、我《わが》会は、愈々《いよいよ》仲秋の夜、洛東知恩院の華頂山下、山門高く、松杉くらきところに開きぬ。満月会と筆太に記されたる大提灯の下に、一人来り二人集りて、日は西に月は東にといふころ、席は自《おのず》と定まりぬ。皆一見旧知の如く、洒々落々として、茶を喫し月餅を喰ひ、且《か》つ語り且つ笑ふをりふし秋雲漠々として月を鎖《とざ》し、ふりにたる山門の南千年の松をもるゝ影うすぐらきを、月は隈《くま》なきをのみ見るものかは(2)、など独りごつ人もありけり。夜のいたくふけぬ間にとて、運座やよからん一題十句はいかに、などいふに、争ふものとてはなければ、運座と決定し、秋季雑題十数種を課し、月下芋をかじりておのがじゝ、名吟秀句を拈出《ねんしゅつ》す。地は是《これ》長安の大寺狭斜《きょうしゃ》に連《つらな》るのところ、俗客山の如しといへどさすがに京人のやさしさは、月にいばりするほどのこともなくて、夫婦づれの唄祭文《うたさいもん》なんど、時にとりての興なりけり。

院々につく初更の梵鐘に、雲漸《ようや》く去りて、月清く風静かに、大地に落つる山門のかげ、月に沐《もく》する松の姿、いとめでたきに、後の草むらに虫さへ得ならずなきすさびて、心身脱落、吾《わ》れは是《こ》れ早く已《すで》に鵲《かささぎ》の橋遠く渡り来りて、月宮殿の奥深く、霓裳羽衣《げいしょうういい》の天人が舞楽を見るの思ひあらしむ。

月早《は》や高く小《ちいさ》く、桜椎樫楓なんどの、いともふりたる木々の葉末のぬれたる様なるが、きらめきて、夜寒の風いとゞ身にしむほどに、運座もまたく終りぬ、そが中に

野分してちいそうなれる狸哉　菰堂
閼伽棚の下を流るゝ秋の水　瓦全
稲妻や野犬のほゆる藪の中　愛桜子
石地蔵のひざうづめたる女郎花　瀾水
古道や女郎花咲く藪の中　秋竹
稲妻や月も出てゐて雲奇也　鼠骨
夜寒さに野寺の小屋にたく火哉　寒月

萩を圧して床机すえたり露の中　虚子
松虫の命婦めされぬ壺の中　紫明
木槿さきぬ水車舞ひゐる垣つゞき　露石

などこが、もともめでたきものなりしが又よせられたる兼題のいと多きが中に

名月や三十六峰なくもがな　紫明
ぽつかりと一輪高し海の月　同
月やよき竹取よゝとなきつらん　鋤月
かやの月妹は敷居に梳《くしけず》る　雪腸
名月や芋の葉かむる古狸　黙仏生
名月のすみわたりけり柳谷　菰堂
明月や誰《た》がすみすてし峰の庵　羅月
おもしろや芋ほりゐれば月が出る　露石

月今宵三年前の恋をかし　露石
月くろし唐黍畑に敵かくる　茶村
月今宵行宮の管弦ふけにける　寒月
木の間もる月影すごし乱塔婆　大華
黍畑にたぶさ男と月見哉　虚子
むつまじく月を見てゐる夫婦哉　秋竹
御座船のみすあげたまふ月夜哉　鼠骨
朝立や月落ちかゝる膳の上　同
画にせんか鴨河《かもがわ》の水東山の月　瓦全

などおもしろく覚えしもの、其他《その》は又別に紙上に投ずることとなしつ。

かくて瓢すでに空しく、月早《は》や天に中するに、又後の月を期して、各々月に別れゆく。あるは席をあらためて夜を徹せりといふもあれば、或《あるい》は又家に帰りて門戸ひらかず、嵯峨野のするゐに、夜もすがら、あくがれありきせし人もありけるとよ。赤壁洞庭の昔は我《わ》れ知らず、須磨明石の夜は、亦《また》いまだこれを見ずといへども古都一輪の秋の夜を、あはれ知りたらん友と、語りあかすほど心ゆくことはあらじ。

●満月会第二回兼題「後の月」

会場は洛東祇園花見小路万花園、十月二十一日午後四時より開会、会費は改めて出席者は三十銭、寄稿のみの会員は吟詠と共に当日までに必ず会費十銭（郵券不苦《くるしからず》）を添へ水落露石或《あるい》は中川紫明方へ御送付ありたし但《ただ》し出席者酒肴持参に及ばず。

(1) 菅原道真。

(2) 『徒然草』第一三七段。

京阪俳友第二回満月会

中川四明《しめい》

十月二十一日午後四時より祇園花見小路萬花園に於て開会、入会する者露石、鼠骨、瀾水、雲僊、菰堂、嶋秋、蜻蛉、夢堂、椋の舎及び四明とす。而して兼題の吟詠を寄せたるは、茶村、鴨脚《いちょう》、石牛、寒月、無事庵、鋤月、静男、鏑川、奇峰、柏翠の諸友なり。園に雁来紅多し。参差《しんし》林立紅あり紫あり、緑あり黄あり、葉の潤なる茎の平《たいら》なる、頭の猩々に似たる、又烏骨鶏の如き、亭々として高きぐね〳〵として曲りたる、千態万様、実に其の種類五十余品ありと云ふ。奇と謂ふべし。殊に夜に入りては月清く東山を出で、電灯も為《た》めに光を奪はれ、膚稍《やや》、寒きを覚えしは後の月見の常ならん。園主大《おおい》に調理に意を用ひ、酒亦《また》佳、酒間十五題を以て運座を催し、各吟詠を試み、会の散したるは実に十一時に近かりき。左に兼題の吟詠を掲ぐ。即吟の分は、例の如く余り多ければ茲《ここ》には除きつ。

兼題　後の月

松晴れて鶴の声遠し後の月　石牛

後の月東坡の妻はうい妻ぞ　菰堂

雨晴れて洲の上白し後の月　蜻蛉子
後の月姥が背に鳴(ママ)く子あるなり　柏翠
征矢負ふて岨《そわ》道《みち》伝ひ後の月　寒月
柿の葉に後の月見の歌書かん　鴨脚
詩僧寒儒古関に月の名残哉　茶村
後の月刈田〳〵の水光る　無事庵
後の月恩賜の御衣(1)やつくし琴　鋤月
姥が茶屋後の名月粟団子　静男
後の月三十六峰痩せんとす　鏑川
菜畑のやう〳〵寒し後の月　奇峰
ましら鳴く杉の梢や後の月　四明
渡し守のしやがんでゐるよ後の月　鼠骨
後の月高瀬小舟に僧の客　嶋秋
庵の菊折ふし咲きて後の月　瀾水

化けぬべき狸もあらず後の月　露石

●第三回　兼題

翁忌　時雨

但《ただ》し次回は大阪に於て開会、会席は追て露石氏より報ずべし。ついでに申す。紫明の名を改めて四明としたるは、紫派とやらに属する京都の一画伯が、其の名を譲れとのことより斯《か》くはなしたるなり。

(1)「去年今夜侍清涼／秋思詩篇独断腸／恩賜御衣今在此／捧持毎日拝余香」（菅原道真『菅家後集』）

●満月会第三回　いよ〱当地に開会致する事と相成《なり》候就《つい》ては毎々貴紙上御迷惑ながら何卒《なにとぞ》御余白御割愛を乞ふ（水落露石拝）

◎満月会第三回

開席　大阪網島　鮒《ふな》宇《う》楼《ろう》

開会　十一月十五日午後一時より

◎兼題正誤

翁忌　小春

京阪俳友満月会第三回記

水落露《ろ》石《せき》

許六《きょりく》がゑがける翁の像を文晁が模したるに悠々虚白一具(1)なんどの先哲の画賛したる瓦全が珍蔵の軸を壁にたれつ、こゝに満月会第三回は翁忌をかねて網島大長寺畔鮒宇楼に開かれぬ。小春日のいと麗かに澱江に網する漁翁がさま亦《また》一幅の画なり。先《ま》づ来るは丹波の寒月之《これ》に次ぐ者鼠骨鹿水たり。人々京方の遅きをつぶやく時刺《し》を通じて別天楼来りぬ。新《あらた》にこの同志を得たるよろこびいかばかりぞや。暫《しば》らくは例の画賛合作なんどに時を移せるものから京の面々なほも来らざれば瓦全が発意にて同人が号の各一字をとりて六題を得つ。更に冬季六題を撰みて運座を催すこと、はなしぬ。

水　やり水の氷柱となりて音たえぬ　寒月

骨　処《ところ》々《どころ》骨ちらばつてある枯野かな　別天楼

瓦　瓦屋の瓦を叩く音さむし　鹿水

石　石女の尼となりけり冬の日に　鼠骨

寒　寒月や細江の水の涸《か》るゝ音　瓦全

楼　楼に上れば神楽が岡の時雨見ゆ　露石

毛布かぶり埋火いだき詩を読まん　鼠骨
橋々に蠣船つなぐみやこかな　鹿水
言問へば名主の家よ枇杷の花　瓦全
寒き夜や灯消えなんとする向河岸　別天楼
駄馬曳いて大原女町に時雨けり　寒月
蕪汁や去来あるじにて歌仙なれり　露石

運座将に終らんとする頃入り来るは雲僊孤堂蜻蛉の人々なり。大いにかの京時間を難じて止まざりしが全く一列車乗り遅れたる故なりきとか。されば遅参者のために更に即景五句をものす（句は略す）。

この日四明楼主人の来会なかりしは余等の最も憾《うら》みとするところ兼題は例に依つて集るもの頗《すこぶ》る多かりき。

かしこみて句を奉る時雨かな　四明

豆煮たりいざ芭蕉忌の酒くまん　寒月
京道や女彳《たたず》む小春ぞら　同
茶の花に神恍惚と見え給ふ　茶村
老人の障子はりゐる小春かな　同
枇杷さいて淋しやけふは十二日　鴨脚
小春日や褌を干す柿を干す　菰堂
翁忌や翁のやうな人の来る　蜻蛉子
小春日のわれ猟すべく釣すべく　由挙
残菊の飯炊《かし》がばや翁の日　無事庵
小春日や病女はい出る南椽《えん》　石牛生
翁忌や伏して芭蕉の雨きかん　鏑川
遠山の茶色にかすむ小春かな　鋤月
翁忌や家醸粗肴に客数人　静男
銃音のうらに去るなり小春の日　鹿水

翁忌や月婆娑として庭に落つ　別天楼
翁忌の堂をいづれば時雨れける　鼠骨
大牛のころんでゐるよ小春野に　同
翁忌や大徳寺の納豆天王寺の蕪　露石
小春日の花嫁里帰りす野の渡舟　同

次回は京にて開会の筈会席は追て四明楼主人より報ぜらるべし。

●第四回　兼題
冬枯　水仙

(1)　俳人の桐生悠々、松堂虚白、一具庵一具。

京都俳壇の起り

亀田小蛄《しょうこ》

明治に於ける京都俳壇の起りは牽《ひ》いて京阪俳壇の興るのを意味することであった。近畿の明治俳文化のゆかりを一言するにつけてもまず京都文壇の耆宿《きしゅく》中川四明《しめい》翁のつながりに感謝したい。

それは明治二十九年晩夏の一日、上京の三条富小路の銅陀坊《どうだぼう》の四明（その頃は未だ紫明であった）翁を寒川鼠骨《そこつ》が一人の友と訪ずれたのにはじまる。以下（「日本」のある一文より）四明氏の稿を抽《ひ》く。

（略）予《かね》て浪華《なにわ》より露石君の来るよし聞き居たれば、定めて其《その》人ならんと出で迎へば果して然り。一見旧知の如く請じ入れて、先づ問ひたるは時候の寒暖にあらで圭虫集（注、蛙の句を露石が集めたるもの）のことなり。露石君笑ふて云ふ、印刷未だ成らず、今日袖にして来るを得ざりしは遺憾なりと。鼠骨生云ふ、今日は妙心寺の某院に遊びたりと。鼠骨生は若いくせに寺好きなり。露石君定めて迷惑したらんと思へば此《こ》れも案外なり。

篁　囲　碁　に　集　る　僧　五　六　　露　石

との吟に、扠《さ》ては君《くん》も禅くさき人よと、其《そ》の遊び模様も推測《おしはか》られ、(略)清風《せいふう》に烏鷺《うろ》を闘はしたるの幽興羨ましく思はれぬ。

といった書起《かき》しでこれが当時三高に学籍のあった所の鼠骨が露石を紹介した初めであった。当日はそれから四明、鼠骨の案内でまず西大谷の蓮看《はすみ》に赴くというのがこの記事、すなわち「蓮看の蓮看ず」という上下の文章になって新聞の文苑に紫明の名に於《おい》て発表されていた。

その二条の寓居から高瀬川を添い下るとあるから家も疎《まば》らでなかったか、それでも新京極をぬけて祇園を過ぎる頃から佳境に入っていた。

萬花園の雁来紅早《は》や麗《れい》ならんとて行きたるに、果して玄関の前に数茎あり。

葉 鶏 頭 の 簷《のき》 よ り 高 き 庵 か な　紫明

この亭はあとで説く、満月会場になるのであったのも此《この》第一の嘱目のゆかりではなかったか。
それから祇園華表前西行庵、茶を乞いに東大谷の木下闇、双林寺の青芝にベースボールをやって見たいとのこの翁の述懐もあり、高台寺芭蕉堂と打連《うち》れつつあるは佇み、踞《かが》む。

初秋や萩のつぼみの薄赤み　露石
歌楼舞榭真葛が原に葛咲かず　紫明

茶店さへ未だ見えざれば、腰かけて憩ふべき床几《しょうぎ》もなし、露を置きたる草の中を、そこはかとなくうろつきて扠《さ》て、西大谷の蓮が散歩の目的なれど、目的ある散歩は散歩にあらずといふ西哲の教へもあり。

と、とど西大谷行きは中止となって下河原を経て鳥居本楼の客と三人はなれている。げに目的の有無、散歩非散歩、小論はこの翁の日頃のご所懐小発露でもあった。

涼風や我れ浴して後《のち》楼に上る　鼠骨

残暑さ中の所謂散歩と当時、吉田丘双松庵下宿人の此《この》人境と人とがよく出ている作である。

そしてここで運座というのはおかしいとて即興に杯盤裡にいそしんでいる。其《そ》の情景を文に、

○天清く星明かに、清風徐《おもむ》ろに到り、窓を窺へば彼方に遠く無数の灯火を認め、夜露欄外の樹に滴らんとす。

夕涼し京の灯窓にきらめきぬ　露石

鮎肥えて猪口《ちょこ》うるはしき蓼酢かな　紫明

（略）三人寄れば文殊の智恵といふ、酒間終に京阪に於ける俳友の会同《かいどう》を謀り、会名を満月会と呼び、専ら日本紙上に俳句を寄する人々を以て組織するの議を決し、十時過ぐる頃我は直《すぐ》に家に帰り、露石君は鼠骨生と去りて行く所を知らず……。

といった結末だった。これが後に興る「京阪俳友満月会」に点火されたのであった。
以上の記事は前にいった「日本」所載の抜粋についての附説である。

○

「京阪俳友満月会」のことは既に近頃自他共に発表されているし、又ここで説く場でもないと思う、ただ京洛の地に其《その》足趾をはやくも明治俳壇にとどめたということだけを序列に述べるにとどめる。

「京阪俳友満月会無趣意書」の冒頭に「京阪俳友満月会は読んで字の如し。京都と大阪との俳友が満月の夜を以つて相会すと云ふの外に意味ある無し」といひ切ってある通り、それは満月に限らず、ある時は新月、二日月、三日月、上弦、下弦、十三夜、十六夜、二十三夜でもいいというすなわち、俳諧の名のある月の夜ということでもある。実に大らかな点是《これ》も明治のよき時代にこそと、今は偲ばれることである。そのような半ば刻の自由さの会合スタートを、

○第一回九月二十一日中秋の夜を以て洛東、華頂山、山門下に於《おい》て開催、鼠骨記の一片

○山門高く、松杉くらきところに開きぬ。満月会と筆太に記されたる大提灯の下に、一人来り二人集り、日は西に月は東にといふころ、席は自《おのず》と定りぬ。

といった工合で、孤堂、瓦全、愛桜子、瀾水、秋竹、鼠骨、寒月、虚子、露石、紫明の人々の集りと投句者数人で始まったのであった。因みに列席者中の虚子は郷里から東上の途に出席せられたので、其時の瀾水があとで語られた当時の思い出では、さぞ大家だから正面きって談論されているかと思ったが、露石さんが廻して来た扇子の寄せ書きの順で初めて知ったその所在は、隅ッこでつつましいお姿だったということであった。

○第二回は十月二十一日、前いった、祇園花見小路の萬花園であった。会者露石、鼠骨、瀾水、雲僊、孤堂、嶋秋、蜻蛉、夢堂、椋の舍、及《および》四明（ここで紫明が改称）

兼題出句者が十名遠く越後、信濃からも来ている。

四明文に曰《いわく》

園に雁来紅多し、参差林立紅あり紫あり、緑あり黄あり、葉の潤なる茎の平らなる、頭の猩々《しょうじょう》に似たる、又烏骨鶏の如き、亭々として高きぐねぐとして曲りたる、千種万態、実に其《そ》の種類五十余品ありと云ふ。奇といふべし。

云々、当日午後よりとあるから、会幹四明翁も早目に出席されてこの大観に接せられたことと思う。因みに新人の椋の舎とは後の永田青嵐のことであり、実に四辺よき境裏の会場が生れて来た。

○第三回は十一月十五日大阪網島（桜之宮下流）鮒宇楼《ふなうろう》に移している。（会者のうちに初めて別天楼氏が参加されて来ている）

○第四回。十二月十五日午後一時（非京都時間）とあるのに微笑まれる。会場萬花園、いつしか月に会すが昼になったのをうしろめたさか、余興として福引を（非福引）と銘打って月引を行って納会にしていた。
此集りに後年「懸葵」(1)の創刊者の一人の遠藤痩石が同じ子規門の若くして逝かれた秀才岡崎石牛と一しょに会していられた。

水仙を根〆に何を活けんかな　痩石
水仙は恵下《えか》よりも賢なり塵の中　石牛

そして余興の月引ではその例

月今宵主じの翁舞出でよ　蕪村（扇）
野も山も昼かとぞ首のだるくこそ　鬼貫（奇神膏《きしんこう》）

という具合に他愛なき配合をしていた。運座十五題で夜間に入っている。

○第五回。明治三十年一月二十三日会場は、やはり萬花園「再び月引を行なう」との予告が出ていた此新年会の兼題中に時の御題か「松影映水」とあったのだが、この一月の五回目を延期して二月二十日に開会。

涅槃像此《こ》れも殿司の筆とかや　四明
老胡一人狸寝入《いり》や涅槃像　涙骨
華雉一声逆茂木を飛越しぬ　痩石

涙骨の入会、この人はのちの杉村楚人冠なのであった。其会報(2)のなかに

○敢て窓外の梅に月の昇らんを待たるゝにもあらず、苦吟又苦吟、知らず知らず時を移したり。

とあるから、完全な昼会となっている。
○第六回は又大阪天王寺茶臼山なる泰清寺で弥生の三月七日に開会、椋の舎の青嵐も四明、痩石二子と遠征されて来ていられた。
○第七回は百尺竿頭一歩を進め、四月十一日満目花につゝまれた洛西、嵐山、渡月橋畔の一茶亭に開催、十余名盛会だった。

二十日月花の林の上に出づ　別天楼

ここに満月会趣旨の一片が出ているのも一笑。又京都新聞俳壇(3)の草分けの「大毎」支局長の時の(明29)相島虚吼も来り会していた。

井《い》欄《らん》朽ち碑倒れ花水を覆ふ　虚吼

○第八回は宇治に開くべかりしを東都から碧梧桐氏の来杖に四月二十日、例の萬花園に歓迎会をかねて開筵した。

背戸川や田植の牛を追ひ入る、　碧梧桐

棕梠の花は芭蕉の花の雅に如かず　四明

十六名の盛会でこの時、小川煙村も加わっていた。

かくて、これを終りに次第に会は出席者が少《すく な》くなって来たようである。それはこの会が別れて四月から、大阪のみの「大阪満月会」が生れたので、自然の推移でなかっ

たか、それらの記は私の切抜帖にはなかったが、ただ一枚

○京阪満月会第二年初会

というのがある。すなわちしばし打絶《うち》えていたのを復興すべくとり行われたものと思う。会者は十名で、題も自然美から歴史美という抽象的のに移されたので

室の津や月に棹さす白拍子　露石

袴垂

追剝ののしのび寄りけり朧月　青嵐

月悲し古き都を来て見れば　四明

といった寧ろ退歩したような句が並ぶ中に

周生曰《いわ》く雲に梯して月を取らん　煙村

路易《るい》十六世

ギロチンに下弦の月の影寒き　瘦石

といったような漢、洋の趣味をとり入れた、飛躍と新味の迸《ほとばし》らせたのを詠じた作者も出て来た進歩で推移してゆく満月会の姿でもあった。

要するに京畿の明治俳壇を其揺籃の殻から飛躍的に全国の俳句結社の第三、四位を築き上げ一の照明台とも成し遂げられた、四明、鼠骨、露石の三先達の創始と経過の月日のつながりに其ご斡旋の労に大なる感謝を捧げたい。

因曰《ちなみにいわく》、京都の俳誌大釜菰堂の「種ふくべ」が其あとの三十三年に、又中川四明の「懸葵」が三十七年に創刊されたことであった。

(1) 明治三十七年、中川四明が創刊した俳誌。翌年、大谷句仏が主宰となる。
(2) 「日本」明治三十年三月二日記載。
(3) 京都の新聞俳壇のこと。

大阪俳壇の起り

亀田小蛄

大阪俳壇は、京阪俳友満月会（京都）を母体として生れた。その顕著なしるしは其第六回の満月会が、再び大阪に交互会場を移した明治三十年三月七日、茶臼山《ちゃうすやま》、泰清寺に催されたに因る。

其記による四明、痩石、瀾水、緑の京都勢、それに地元から幹事露石、瓦全、別天楼と新加入の翠竹、不落の諸氏で催された〝折柄春雨しとゞ降りて、いとしめやかに〝藪鶯の囀り〟といった情緒の下の運座でもあった。此つどい、大阪同人が殖えたので、ここで〝大阪満月会〟が結集となった。しかし、支会の体で〝小集〟の名に於てであって翌月すなわち陽春の四月四日発会の式を行った。今まで区々に作句の類いはあるが大阪俳壇の結社としてはこれが公式の第一会というにはばからない。其日の記は「大阪毎日」紙を煩わして掲載を見た其冒頭に

朔日、雨の三日降りも幸いに四日の朝恰も陰暦三月三日の空長閑に晴れ渡り、柳はのびくて昨日にいやます翠の髪を春風にくしけづるいと麗かな桃の節句にいたゞきなんど女の子の配り合ふ中に大阪俳友満月会は殊更静の地を卜《ぼく》し午後一

時より、西天満、寒山禅寺に小集を催しぬ（略）……二時頃より運座二回を催し何れも吟詠山の如く終日倦まずさては夜に入り初更の頃ほひ漸く散会しぬ。

幹事飯原翠竹の記録である。この人教職の人、教え子に青木月兎などがあった。詠草に

旅にして蕨なんど煮つ山の茶家　露石
寺焼けて只彼岸花の盛りかな　瓦全
若鮎の群らがって居る淀みかな　別天楼
苗代や夫婦睦しく何を語る　由挙
花飛んで芳山風白し古帝陵　無心
雀子のひよろり〳〵と河原こす　不落
春の夜や白きは水の外に何　翠竹

此うち、別天楼は欠席句のみ、集まりしは僅かに六名だが、由挙は浪華の歌人蓼生

園の門人、その歌友松瀬邦武（無心）をその前に聴蛙亭に伴うて露石に紹介するところありて両々此出席を見た。何ぞ知らん、此次、初めての作句した無心は行く々々大成の道をあゆみ此秋冬ころから一躍松山の「ホト、ギス」に上場俳名を掲げ、かくて改号、青々の名に於て後の巨匠となられた、そのスタートの第一声でもあった。

第二回（五月二日）第三回（六月十三日）第四回（七月四日）第五回（九月二十六日）とつづいている。第五回は廻りもちの幹事当番として青々の無心が担任されている。句も涼秋に入って引きしまっていた。その青々（無心）記(1)の一端に

日曜を卜《ぼく》し北浜五丁目なる古玩庵を俳席と定め、満月会の例会を催しぬ……素《もと》より佳肴芳醇の興を幇《たす》くるに足るもの無けれど雨を南窓に聴き数椀の茶に塵慮を空うして天来の奇想を捜る、誠に半日の清娯ありけり松韻竹籟の響愛すべき佳什は幾折の半紙にも鳴の羽根搔き尽すべくもあらねど煩はしきを厭ひて庭のいさら井聊《いささ》かばかり左に披露す。

初秋や山青々と戸にせまる　露石

初汐や須磨の松原馬帰る　不落
山寺や墓稀にして萩のはな　鹿水
小倉山落柿舎の柿紅葉す　翠竹
抜道やあやしき家の木槿垣　別天楼
山に沿て城あり雁の鳴渡る　由挙
質店に女もの言ふ夜寒かな　無心
茱萸の実も挿て山路の別哉　同

かくて連月、時には月次二回ぐらいの集りに熱を加えた、「毎日」紙も俳句欄を拡げる要あってか
浪華《なにわ》満月会俳句（一）又（二）
といった風につづいて紙上掲載を惜しみなかったのはありがたいことであった。それは「朝日」には全然なくって、「つゞきものこそ文芸だろう」という酷評も出ていた。勿論「毎日」からは二十七八年の交京都支局長だった相島虚吼の子規子に依ってい

ささかだったが其選句を得たのに始まり（虚吼の自記、「懸葵」より）日清役中、碧梧桐らの選などを経て、この満月会発蹟ののち、虚吼や菊池幽芳と同じ水戸系から「いばらき」の記者子規門の桜井芳水が来任してそこに新聞俳壇の礎石を築いたことになる。

　この満月会の外来の名士には此《この》秋露石庵を訪ねた支那もどりの根岸草盧《そうろ》同人、佐藤肋骨《ろっこつ》があった。本会初めての来賓でもあった。

　かくて満月会が新進に依る三日月会となり、俳誌「車百合」（明32・10）が生まることになった。それまでにも大阪俳壇の俳誌創刊に胎動したのが文芸雑誌「よしあし草[2]」「ふた葉[3]」でもあったのも忘れてはならないのである。

○

「ホトトギス」が東遷した明治三十一年十月から奔流の堰を切ったように俳圏は全国的になったのはここに説くまでもない。しかしその本拠とも句に於ていうならばやはり子規子にジカに朱批を得る新聞「日本」俳欄のたゝずまいにあることは勿論誰も議を異にするものはなかろう。

して見ると、この桧舞台にどういう順序に各自登壇して其栄を占めて行ったかを見ることが一番に目安な足あとでなくてはならない。簡単だがその各自上場の年月を披露する。

○水落露石（27・3・18）

やうくに梅もよく候庵の春　（「小日本」）

永井鹿水（28・8・23）（この後全部「日本」）

野田別天楼（29・3・11）　飯原翠竹（29・10・27）

小西由奉（29・11・25）　桜井芳水（30・9・22）

前田孤村（30・11・29）　松瀬青々（30・12・17）

鈴木疑星（31・2・10）　荒木井蛙（31・5・23）

（小蛄曰《いわく》、これは同職の青々の慫慂によるもの、すなわち年少ながら月兎よりも一日の長、のち荒井蛙と改む）

青木月兎（斗）（32・3・25）　安藤橡面坊（32・3・27）

松村鬼史（32・4・30）　芦田秋窓（32・6・18）
岡本圭岳（32・8・9）　西田巴子（32・8・23）
山中北渚（32・10・27）　本田小刀（33・4・2）
湯室月村（33・7・19）　中倉笠堂（33・8・9）
尾野　筧（33・8・15）　島道素石（33・8・18）
増田一簑（33・8・21）　武定烏人（34・4・3）―巨口―
塚本虚明（34・4・29）　真鍋薫水（34・5・1）
森　古泉（34・6・24）

などである。外に、第一位といえば

△梅沢　墨水（27・3・11）

「小日本」入選であるが、当時在京同人故省く。又年歯といい、「日本」社主陸羯南との縁故のつながりがありながら、少し遅い素石の参加順は其一族の百年伝来の旧系俳句の縁に因る。これで見ると俳活動自在で、家居も自由なおん曹子格が先陣で、後半勤務に携われる人々が殿《しんがり》戦の俳友でもあった。

因みにこれらの左右をつくした「大阪俳壇小史」は曽《かつ》て大正十三年春四ヶ月の日子を費して雑誌「糸瓜」に登載五十頁に渉り尚《なお》前篇のみであったがこの文は当時碧梧桐、虚子も愛読された。いつか訂補して完成して見たい。

(1) 「大阪毎日新聞」明治三十年九月三十日記載。
(2) 浪華《なにわ》青年文学会の機関誌で高須梅渓が編集。明治三十年創刊。
(3) 金尾種次郎、青木月兎らが編集した文芸雑誌。明治三十二年創刊。

神戸俳壇の起り（小描）

亀田小蛄

神戸俳壇では斎藤渓舟を描くだけで其発蹟が知られる。彼は当時神戸唯一の新聞「又新《ゆうしん》日報」(1)に在籍していた。その紙上に俳句を掲載しつつ交を江湖《こうこ》に求めんとして、第一番に着目したのが京都の中川四明であった。職務柄、同業の、「日出《ひので》新聞」(2)の黒田天外に郵致して其ちかづきを依頼した、明治三十一年十月のことである。間もなくこちらの句信の

赤きあり青きあり前垂の唐辛子　渓舟

に対し、四明からは

前垂にかくす新酒の小買かな　四明

が来たので、此翁も上戸だナと直感したというようになごやかに満月会に一員として入れて貰って上洛したという直話であった。

其頃、今にある神戸新聞の創刊時で、東京から主筆として白河鯉洋、編集全体を総べる江見水蔭が西下して来た。はじめ新田静湾それが去って畑飛水が助手で同居、水

蔭は紫吟社の一人だから、席暖まるに随ってこれ亦《また》俳句掲載を敢行した。

しかし、創作は別として俳句はやはり「日本」派の進展が速かだった。それは京都、大阪の同好とよく接触しているからで、渓舟の話では月兎は商いの薬の風呂敷を携え、絹の前垂れ姿で「渓舟君いるか」と上りこんで俳を談ずるのであった。其居、木春亭に集う同人には神尾母山、五十崎杏冲、磯萍水、其他、木魚、麦味、素風、香雨、松衣、鶯舟など既に十名の同志を得ていた。母山は後にはるかに東京、根岸草盧の短歌会にも同調、子規選の短歌が「日本」に連載された。杏冲はやはり「朝日」関係でか、明治二十八年病子規支那から帰還のおり、親しく神戸病院に出入《でいり》していた、萍水が水蔭門下から馳せ参じているらしい。以上が、神戸俳壇第一会の〝青葉会〟の成立であり明治三十二年の夏季に属する記録で、此会の外に〝七葉会〟が途中、母山、露竹二子によって併立し、吉田笠雨がそれの先覚格だった。

余事だが、右の渓舟の創作も中々其頃相当な技倆を持っていて折から（31・32の間）の「新小説」の新年号に作品の募集に応じて第一等をかち得たことがある。しかも当時――今も明治の大家たる逍遥、露伴、紅葉の三巨匠合議選をこの神戸の一漢子にさらえられたので斯壇《しだん》の沸騰を見た。小説題目「松前追分」当時の一流誌「新小説」の巻頭に挿画、冨岡永洗筆で飾ったのであった。

この後青葉会系で、前川素泉、中村鳥堂、小川夏袖、鷲尾幽雨、喜多都月、安井小洒らのメンバーが、子規子晩年の「日本」俳欄に台頭したのであった。何といっても渓舟は神港俳界でも重鎮であったことを思うに当時京阪に一部もなかった綜合句集「俳句狸毫《りごうしょうかい》小楷」を編み、大阪青年文学会から発行せしめた事である。

一、此の俳句狸毫小楷は明治三十二年の春より、二、三句づゝ神戸又新日報に掲げ来りたるを茲《ここ》に一巻となしたるなり。

と凡例の一に掲げ、通信消息らに得たものをも容れて其一句々々に著者独得の短評をものしたもの、三六版瀟洒な気のキイタもの百二十余頁、当時としては凝ったものであった。序文、四明、露月、別天楼の三先輩を煩わしそれ〴〵色の異なったインクでキレイに刷ってあった。

中川四明の序

自然界にも文字多し。梅の槎枒《さが》たるは楷書にして、柳の梟々《きょう》たるは草書なり。陽炎《かげろう》は空中を短冊にした和歌、電光《いなびか》りは黒雲《くろくも》を石摺《いしずり》にした手帖《てほん》。鶯《うぐいす》の法華経が紺紙金泥《こんしきんでい》なれば、雀の足跡《あとがた》は初雪か唐紙なるべし。燕《つばくろ》の尾、蚕の頭、水黽虫《かつおむし》は橋の下に片仮名を習ひ、鼓虫《まいまいむし》は水の上にいろはを書く……つら〳〵観来れば、いづれか文字にあらざるべき。此の「俳句狸毫小楷」は巧に是《これ》らの自然の文字を写したるもの。渓舟君も亦《また》深く詩美を解せる能書なる哉。庚子《かのえね》三月疏影横斜《そえいおうしゃ》の窓下に於て

梅は真《しん》柳は草《そう》か土筆《つくづくし》

読むからに此翁の親切さがにじみ出ている思い。又た露月（当時在京）のそれには

狸死して皮は吹鞴《ふいご》に作らる。荘子にこれあり、地籟《じらい》は則ち衆竅《しゅうきょう》是《これ》のみ、人籟

は則ち此竹是のみ、敢て天籟を問ふと。予答へて曰はん、狸の皮是のみと。毛をむしって而ち何を吹き出さんとするか。

庚子春日　　　　　　　　　　羽後　露月生

南瓜道人の面目茲《ここ》に萃《あつ》まるの名文であった。

内容の作者五十名あまりであった。

この翌々三十四年にこの神戸の俳誌「花葵」(3)が誕生している。して見ると此書は神戸俳壇の初期を代表するもので、そしてのちの俳誌への誘いにもなった事であろう。

これによってこれを見れば、大阪といい、この神戸にも、否牽《ひ》いて関西俳壇の大なる其発蹟の指導役だった、四明、中川先生のご功績にお礼を申上《もうし》ぐる意味にて左に別欄※、先生の略歴を掲げて関西俳壇の耆宿《きしゅく》に対する礼を行いたい。

（了）

(1)「神戸新聞」の前身で「神戸又新日報」。明治十七年創刊から昭和十四年まで兵庫県神戸市の「五州社」が発行。

(2)「京都新聞」の前身で、「中外電報」の姉妹紙として明治十八年創刊。

(3) 明治三十四年八月創刊。選者に松瀬青々らがいた。

※別欄

中川四明先生の略歴

「懸葵」の追悼号（大正・6・7に拠る）

□嘉永三年二月二日生、下田耕助二男□同三年二月十五日北城番組与力中川重興ニ養ハル□明治二年三月二十五日家督相続□—勇蔵—登代蔵と（ママ）改ム□稽古場剣術、世話役—文武場統陣太鼓世話方□慶応二年京都見廻組御雇—同三年平安隊入□自明治四年至同七年京都中学独逸語学修業□—諸官ヲ経テ—明治五年六月京都府士族申付ラル□同六年九月独逸学校舎長被申付（略）□明治十一年八月師範学校二等任助教□明治十四年七月、府、師範、五等教授申付ラル（略）上京—明治十八年九月二十七日—東京大学予備門御用係教員ニ赴任の（ママ）後—此日ヲ以テ予備門教諭ヲ拝命セラル—翌十九年五月二十五日第一高等中学校助教諭ニ任ゼラレタガ—六月十一日非職申付ラル—東京ノ水ニ合ハナカッタ＝西下□同年八月、大阪ニ於テ著述ニイソシム□―復タ上京＝明治二十年「日本」新聞社ニ入社（注、子規ヨリ六年早シ）二十三年退社＝同年九月京都中外電報（後日出新聞社）ニ入社。約十年在社シテ同三十二年十二月退社ニ至ル迄、京都各美術文芸ノ要務ニ携ハルノ外、東京カラ来往ノ硯友社ラノ交驩《こうかん》ニモ力《つと》メラレ、其他コノ間ニ満月会俳壇興隆ニ尽サル。□同年十二月三十日、大阪朝日新聞社任文芸課員―三十三年六月退社続イテ□同年七月、日出新聞社ニ復帰編集局ニ入リ、一方ニ京都美術工芸学校教授嘱托□同四十年京都市立絵画専門学校嘱託講師―以上ガ主タル官歴、其他。

　俳事にはあまりに追憶が多いが、一言に言えば東の鳴雪翁に対し隠然対照の人四明翁であった。其円満な後進を愛せらるる高風と温容は絶好無二なお二人のご人格で、復た之を継ぐ人はその後東西に出ていない。

　明治、大正、昭和と連続した俳誌――すなわち「ホトトギス」につぐ誌歴のあった「懸葵」は「ホ」誌の極堂翁に於けるが如く、四明翁まず之を興し、第二巻其懇請による句仏師が後継となられたもの、其他履《くつ》を京都に入れる俳人は悉く此翁に於て人となった。其東北の巨匠石井露月の流浪を立派な医師の首途に植えつけたのも一例だ。後輩の碧梧桐の純真境にあった新傾向俳句に同調扶《たす》けてはいたが、一言「傾向」など傾いてはイケ《(ママ)》ないから「絶対新派」といえと厳しく勧告したこともある。

一方慈愛に満ちた人となりは、どんな小さい明治の俳誌にも乞わるれば其文章や吟詠をおしまず恵まれていた。私らの年刊俳誌「糸瓜」（菊半截五〇頁）――にも毎号巻頭の辞をいただいた。或時、新傾向時代が自由律に入る過渡期に「解放を叫んでいながら、尚季題に執着しているか」と其巻頭辞に喝破されていたこともあった。

先生のご識見は如是少しも停滞を見なかった。大正六年五月十六日ご病没行年六十八歳。

著書十一部の内、小学、博物、農業、理科、其他を省いて俳事に属スルモノ《(ママ)》。

俳諧美学（明・39）
四明句集（明・43）
触背美学（明・44）

などがあった。

車百合に就きて

正岡子規《しき》

思ひ出す事何くれと申上候。

小生は明治十六年東京に出でしより後、度々の帰省多くは大阪を経て二三日位は滞在所々見物致《いたし》候。初めて大阪に参り候節より小生の心に感じ候は只、俗の一字に有之《これあり》候。乍併《しかしながら》俗にも種類あり、豪華を極め外観を飾るは俗の極却《かえっ》て美なる所あれども、大阪の俗なるはしみつたれなる無趣味なる規模の小《ちいさ》き俗のやうに思はれて誠に厭《いと》はしく感じ申候。大阪城の石垣の石の大きさは大阪人の目には見えぬやなど独りごち申候。若《も》し小生の知人にして大阪に住む者無くば、小生は二度と大阪の地を踏まざりしならんと存《ぞん》じ候。此間に在りて美術文学などの連想は出て来る筈も無之《これなく》、小生も大阪滞在中に夢にもさる考を起したる事は無之《これなく》候。此《この》俗気紛々の裏より「車百合」は如何にして生れ出で候や、甚だ不思議に被考《かんがえられ》候。

乍併《しかしながら》二百年の昔を思へば其時の大阪は今日の大阪とは思はれず候。宗因、談林を開き、西鶴、人情を説き、巣林、(1)浄瑠璃を作る、当時の大阪は啻《ただ》に文壇の牛耳を取りしといふに止まらず、藤原氏以後日本文学の上に掩《おお》はれたる黒幕は始めて当時の大阪文学者によりて取除けられたる者に有之《これあり》候。文学史上に於ける彼等の功績は今更論ずるに及ばず候へども、闇中に闊眼を開きし彼等の識見《しっけん》の高さは今日といへども驚くべく尊むべき者と存候。今日の小説は西鶴より始《はじま》り、今日の芝居は巣林より起ると申すも過言には有間敷《あるまじく》候。当時の大阪人は大阪城の石垣を善く見し事と被思《おもわれ》候。風流洒落なる太閤様の城下は殺風景なる権現様の城下よりも先《ま》づ文学上の進歩を致したる事、固《もと》より怪むに足らず候。延宝より天明頃迄斯《か》く光明赫耀《かくよう》たりし大阪文学は天明以後に至り俄《にわか》に光を収めて萎靡衰退したるは如何なる訳に候や。昔の大阪を大阪として見れば今の大阪は昔の大阪の残骸に有之《これあり》候。今の大阪を大阪として見れば昔の大阪は邯鄲《かんたん》一炊の夢の図と相見え申候。

他の文学は姑《しばら》く置き可申《もうすべく》候。俳句のみに就きていふも談林に、宗因、西鶴、由平、才丸、来山あり、蕉門に野坡、諷竹、舎羅あり、伊丹派の祖鬼貫も亦宜《よろ》しく大阪俳句界に属すべき者、自ら宗祇を祖述すといへる祇空、豪奢を以《もっ》て一世を驚かしたる淡々、此等は皆嘗《かつ》て大阪を賑したる俳人にして、大阪よりいはゞ大阪は幾何《いくばく》か此等《これら》俳人に賑されたる恩ありと存候。しかも大阪にして此等の名をだに記する者幾人可有之歟《これあるべきか》、疑はしく候。元禄の文豪芭蕉が俳諧界の未来をあやぶみながら、夢は枯野の一句を残して、五十年間月花に労《つか》れたる眼を瞑《ふさ》ぎしは大阪御堂のほとりには候はずや。大阪郭外に生れて大阪に人となり、天王寺蕪を以て自ら名づけ、老後猶《なお》春風馬堤の曲を作りて故園の情に堪へざりし天明の俳傑蕪村を生み出だしたる大阪の功は、人に向つて誇るべきの価値十分なるに候はずや。しかも大阪人は之《これ》に就きて自らも刺激せられず、従つて手柄顔もせず、誇りがほにもいはず、却《かえっ》て他国人に注意せられて鼻のさきのカルタを拾ふが如きは大阪人の恥辱に可有之《これあるべく》候。併《しか》しながら天に命あり、時に運あり、文化文政以後堕落の極に達したる大阪の俳句界も明治三十年頃に至りて恢復の機熟しけるにや、僅かに緑の二葉を現し候。思ひきや車百合の一輪は今はきだめの中に白き大花びらを開き申候。

大阪は商業の地なり、文学は閑人の事なりなど申す人も可有《あるべく》候。併し大江丸は大阪の飛脚屋にして一生の間に東海道の往返六十回に及ぶと申候が、其俳句も少からず、一二部の著書も有之《これあり》候。野坡が三井の手代なる事はいはずとも御承知の事と存候。大阪は金まうけの地なり、俳諧は貧乏人の事なりなど申す人も可有《あるべく》候。併《しか》し大江丸は大阪の飛脚屋にして豪富なりけるが、ある年全国の俳人を京都に招き集めて尽《ことごと》くこれに旅費を給しける由申伝《よしもうしつたえ》候。浮草を吹きあつめてや花筵《むしろ》、と蕪村の詠みしも此時の事に候。大江丸は大家には無之《これなく》候へども、大江丸没後大江丸程の俳人も見えず候へば、矢張《やはり》これも大阪名物の一つたるべく候。

商人に俳人たれと申さず、商事の傍に俳事を修めよと申さず、されど大阪幾十万の商人の中には野坡、大江丸程の俳人の無き事は無き筈と存候。第二の蕪村は諸君の視線内のそこらに生れ居るかも分かぬ事に候。「車百合」には古人を凌駕すべき幾多の俊髦《しゅんぼう》の集り居らるゝ、事誠にたのもしく候。猶今後も無数の豪傑は此花の中に生れ出でん事を望み申候。

二百年の俳句界を見るに流派区々ありて一々名目を異にすといへども、其内容を検《けみ》すれば左程の相違も無之《これなく》候。其内に就きて地方的臭味によりて試みに分ち可申《もうすべき》か、江戸には江戸風あり、京には京風あり、美濃には美濃風あり、伊勢には伊勢風あり、しかも大阪に大阪風と云ふ俳風は未だ成立不申《もうさず》候。其訳は大阪に大俳人無かりしと又継続者の常に出でざりしとに因《よ》るべく候。談林は二三代続きたれど来山の後継無く、鬼貫、淡々の派亦一代にして消え申候。不思議なるは大阪俳人の一代にして消ゆると且つ其句風の斬新にして他に例無きとに有之《これあり》、鬼貫の如き、来山の如き、淡々の如き、一々著しく相違せる者を引きくるめて大阪風とも申され間敷《まじく》候。

小生頃日《けいじつ》ある人より淡路島(2)といふ俳書を借り受け候所、元禄ぶりの中本《ちゅうほん》二冊にて元禄十一歳の日附有之《これあり》、諷竹の編、舎羅の板下《はんした》に候。諷竹は大阪の俳人にして俗称を伏見屋久右衛門といひ猿蓑の頃は之道《しどう》と申候。舎羅も大阪の俳人にて芭蕉終焉の節善く世話致したる人に候。画も少しはかき申すにや、芭蕉門古人真蹟に相見え申候。板下の字を見るに当時流行の書風（芭蕉風とも可申歟《もうすべきか》）にして拙からず候。諷竹はさしたる俳人とも思はざりしに今此集を見て驚き申候。それは諷竹の上手なるに驚きしには無之《これなく》、名も無き人々（此中には大阪人沢山あるべし）の尽く上手なるに驚き申候。されば此時代は誰が上手、彼が上手といふよりも元禄といふ時代が上手なる者と可申《もうすべく》候。此集中に在る句が必ずしも元禄時代の佳句と申すにも無之《これなく》候へども、此集中に在る一の平凡なる句を取りて、之《これ》と比すべき者を後世の宗匠に求むるは、宗匠集中只、一句も見出す事能はざるべく候。元禄の一般にうち上りたる、後世の一般に衰へたる、今更のやうに感じ申候。其内より冬の句を少し抜き取りて次に記し申候。

漸《ようよう》と京に著きけりむら時雨　芙雀

尻つきの小馬も走る時雨かな　荘人

残菊の葉の赤ばりやむら時雨　伊珊

雨水に浪の打つたる寒さかな　呂竹

人々の願ふるびん神無月　流残

寝か丶りを誰やら敲く寒さかな　舎羅

炭《すみ》斗《とり》や誰に手なれし古瓢　嵐白

大竹の透《すき》をのぞけば雪の屋根　諷竹

つかみあふ塩物店や年の暮　千百

夜あるきや年のなごりの雪が降る　舎羅

右は大阪人とおぼしき人の句のみを選《えら》み候へども、実際いかゞにや無覚束《おぼつかなく》候。不思議なるは蕪村調かと思はる丶句の時々見ゆる事に有之《これあり》候。

車百合一号拝見致候。表紙の画、蜘《くも》の網の片隅白きは何にやと問へども誰も知らずと申候。小生は雲の峰の頭を現したる者と見候が如何にや。雲の峰は車百合の咲く時候を示したる意にて、牛伴(3)氏の意匠ならば此位の凝りは可有之《これあるべく》候。

本の大小はいづれにも一得一失あれども、俳句の如き短き者を載する雑誌を小形にしたて、一頁一欄にしたるは面白く珍しき思ひつきと存候。初号に長き祝辞無きも気の利きたる者、紙数を少くして駄句を省き、善き紙を用ゐたるなどさすが抜目無之《ぬけめこれなく》候。只ゝ今後望み候は少くも一二の熱心家ありて俳道研究と雑誌編輯とに出来るだけの力を尽し、自己研究の結果を毎号雑誌の上に載せて、号々清新ならしめ給はん事に有之《これあり》候。

車百合が思ひもかけぬ大阪より発兌《はつだ》せらるゝ事の嬉しさに、十年前の事など書きつらね、思はず大阪に対する悪口となりしは偏《ひとえ》に御免可被下《くださるべく》候。以上。

(1) 近松門左衛門。
(2) 元禄十一年(一六九八)三月、諷竹編、井筒屋庄兵衛刊による俳諧選集。
(3) 画家・下村為山の俳号。

明治大阪俳壇史年表

俳壇史研究会編

西暦・元号	関西俳壇	全国俳壇
一八二九（文政一二）		一二月一六日　三森幹雄生まれる（福島）。
一八五〇（嘉永三）	二月二日　中川四明生まれる（京都）。	
一八六七（慶応三）		春　木製活字の摺物「俳家新聞」創刊（江戸）。 一月五日　夏目漱石生まれる（江戸）。 七月二三日　幸田露伴生まれる（江戸）。 九月一七日　正岡子規生まれる（愛媛）。 一二月一六日　尾崎紅葉生まれる（江戸）。 一二月一九日　相島虚吼生まれる（茨城）。
一八六八（明治元）	七月一六日　藤井紫影生まれる（兵庫・淡路）。	一〇月「明治三百題」刊。
一八六九（明治二）	二月一六日　高安月郊生まれる（大阪）。 四月四日　松瀬青々生まれる（大阪）。 八月八日　安藤橡面坊生まれる（岡山）。	五月　萩原乙彦、「俳諧新聞誌」創刊（東京）。 五月二四日　野田別天楼生まれる（岡山）。
一八七一（明治四）	二月二一日　武富瓦全生まれる（大阪）。	
一八七二（明治五）	三月一一日　水落露石生まれる（大阪）。	一一月九日　太陰暦廃止。一二月三日を明治六年一月一日とする。
一八七三（明治六）		二月　教部省、俳諧師をも教導職に任命

		することを決定。三森幹雄、鈴木月彦ら任命される。
一八七四（明治七）		二月二二日　高浜虚子生まれる（愛媛）。 四月　教林盟社設立（会長月の本為山）。 五月　四睡庵壺公編『ねぶりのひま』刊。 改暦に伴う四季の扱いの問題起こる。 八月　明倫講社設立（社長三森幹雄）。 一一月二日「読売新聞」創刊。 新暦による歳時記香夢編『俳諧貝合』刊。
一八七五（明治八）	二月二七日　大谷句仏生まれる（京都）。 四月二〇日　川西和露生まれる（兵庫・神戸）。	六月「雅俗新聞」創刊。
一八七六（明治九）	七月二三日　永田青嵐生まれる（兵庫・淡路）。	一〇月　岡野伊平編集「風雅新聞」創刊。
一八七七（明治一〇）	四月三日　西山泊雲生まれる（兵庫）。	
一八七八（明治一一）		七月　根岸和五郎編『太陽暦四季部類』刊。
一八七九（明治一二）	一月二五日「大阪朝日新聞」創刊。 一一月二〇日　青木月斗生まれる（大阪）。	一月「俳諧新報」創刊。 一二月三日　永井荷風生まれる（東京）。
一八八〇（明治一三）	松村鬼史生まれる（大阪）。	六月　萩原乙彦編『新題季寄俳諧手洋燈』

		刊。 一二月　角田竹冷、「報知新聞」に俳句を掲載、新聞俳句の嚆矢。 一二月　三森幹雄「俳諧明倫雑誌」創刊。
一八八二（明治一五）	六月二三日　野村泊月生まれる（兵庫）。	一二月三日　種田山頭火生まれる（山口）。
一八八三（明治一六）	二月二三日　武定巨口生まれる（岡山）。	
	二月二四日　芦田秋窓生まれる（大阪）。	
一八八四（明治一七）	四月一日　岡本圭岳生まれる（大阪）。	六月一六日　荻原井泉水生まれる（東京）。
一八八五（明治一八）	三月二六日　西村白雲郷生まれる（大阪）。 八月一一日　亀田小蛄生まれる（大阪）。 一〇月二八日　芹田鳳車生まれる（兵庫）。 「日出新聞」（京都）創刊。	二月　硯友社創立。
一八八七（明治二〇）	四月五日　鈴鹿野風呂生まれる（京都）。	
一八八八（明治二一）	二月　上田聴秋「俳諧鴨東新誌」を創刊（京都）。	
一八八九（明治二二）	一月一日　田村木国生まれる（和歌山）。 二月　四明、「日本」の編集に加わる。	二月　新聞「日本」創刊。
一八九〇（明治二三）	一月　四明、出版社張弛館を設立。	一〇月　巌谷小波・尾崎紅葉らの紫吟社

	九月　四明、「日本」を退社、京都中外電報社に入社。	が発足。
一八九一（明治二四）		正岡子規、「俳句分類」を始める。
一八九二（明治二五）	一月　四明、浪華文学会会員となる。 九月　高浜虚子が京都の第三高等中学校予科に入学。 一一月　正岡子規が母八重、妹律と京都に遊ぶ。	六～一〇月　子規、「日本」に「獺祭書屋俳話」を連載。 一〇月九日　水原秋桜子生まれる（東京）。
一八九三（明治二六）	三月　「一点紅」（武富瓦全・水落露石）創刊。 九月　河東碧梧桐が京都の第三高等中学校予科に入学。虚子と同宿した。 一二月　虚子、京都三高を退学。翌年一月上京。 第三高等中学校生徒、高浜虚子・河東碧梧桐が校門前の下宿（虚桐庵）で句会を開く。	一月　子規「俳句時事評」始まる（「日本」）。 二月　「日本」、俳句欄（子規選）を新設。 五月　子規、『獺祭書屋俳話』刊。
一八九四（明治二七）	一月　日出新聞に社内親睦会「瞳々会」が発足。四明が参加。 一月　四明、巌谷小波の誘いで俳句を始め	二月一一日「小日本」創刊。 四月四日　瀧井孝作（折柴）生まれる（岐阜）。

	る。	春～「毎日」「読売」「国民」新聞、競って俳句を募集。 子規、中村不折と出会い写生を学ぶ。
一八九五（明治二八）	一月三〇日　後藤夜半生まれる（大阪）。 五月～　子規、神戸、須磨で療養。 六月二九日　大橋桜坡子生まれる（滋賀）。 八月二〇日　子規、退院。松山へ帰省。 八月二八日　岡田利兵衛（柿衞）生まれる（兵庫）。 八月　投書雑誌「文庫」創刊。 一〇月下旬　子規、東京への帰途、広島、須磨、大阪、奈良に遊ぶ。 一二月　四明、「日出新聞」に随筆「発句の稽古」を発表。	一月「太陽」創刊（博文館）。 一月「読売新聞」、懸賞俳句を募集。 一〇月　秋声会が結成される。
一八九六（明治二九）	七月「大阪毎日新聞」、子規選の俳句を掲載。 九月二日　新聞「日本」に「京阪俳友満月会無趣意書」を掲載。	八月「国民新聞」、俳句欄を開設。虚子、選者となる。

	九月二一日　京阪俳友満月会結成。第一回京阪満月会を知恩院前で開催。 九月　水落露石『圭虫句集』刊。	
一八九七（明治三〇）	三月七日　第六回京阪満月会（大阪茶臼山・泰清寺にて）。 四月四日　大阪満月会発足（大阪西天満・寒山禅寺にて）。 四月三日　浪華青年文学会（後、関西青年文学会）が初会合。 四月　「大阪毎日新聞」に大阪満月会の吟を掲載。 夏　水落露石『続圭虫句集』刊行。 一〇月　句集『京阪俳友満月会第一集』刊（懸葵）。 七月　投書雑誌「よしあし草」創刊（大阪）。 一一月　「よしあし草」第一号で懸賞俳句募集。	「日出新聞」、「京都日出新聞」と改題。 一月　「ホトトギス」創刊（愛媛）。
一八九八（明治三一）	秋　青木月兎（月斗）・松村鬼史・芦田秋	二月　「都新聞」、読者による「俳諧十傑」

一八九九（明治三二）	窓ら若者の三日月会が発足（大阪・金尾文淵堂）。 一月　文芸雑誌「ふた葉」創刊（大阪・金尾文淵堂）。 一月一〇日　五十嵐播水生まれる（兵庫）。 一月　子規、「明治三十一年の俳句界」で青々を賞賛。 二月一〇日　阿波野青畝生まれる（奈良）。 八月　「大阪朝日新聞」が新派俳句欄を開設。 夏　神戸の斉藤渓舟が青葉会（ホトトギス派）を結成。渓舟は「神戸又新新聞」に俳句欄を開設。 九月　松瀬青々、「ホトトギス」の編集を手伝うため上京。 九月　満月会、京阪神連合大会。 一〇月　俳誌「車百合」創刊。関西初の日本派の雑誌。 一二月　子規、「車百合」第二号に「車百	を掲載。 九月　「ホトトギス」発行所東京に移る。 一月一五日　橋本多佳子生まれる（東京）。 一月　子規『俳諧大要』刊。 一月　早稲田俳句会が発足。 六月　「太陽」が「明治十二俳仙」を掲載。

	合に就きて」を執筆。	
一九〇〇（明治三三）	二月二一日　永田耕衣生まれる（兵庫）。 三月　斎藤渓舟編著『俳句狸毫小楷』刊。 四月　四明を中心に「種ふくべ」創刊（大釜菰堂編集）。 五月　青々帰阪。 八月　「よしあし草」を「関西文学」と改題。 一〇月　薄田淳介（泣菫）「小天地」創刊。「ふた葉」を改題したもの。 一一月　水落露石、『蕪村遺稿』刊。	五月一五日　西東三鬼生まれる（岡山）。 七月二七日　金尾梅の門生まれる（富山）。 一一月　伊賀の桃友社から新派俳誌「みのむし」創刊。
一九〇一（明治三四）	三月　松瀬青々、「宝船」創刊。 八月　神戸で斎藤渓舟「花葵」創刊。 九月二七日　森川暁水生まれる（大阪）。 一一月三日　山口誓子生まれる（京都）。 一一月　満月会五周年記念大会、併せて蕪村忌。 安藤橡面坊「大阪毎日」で「毎日唫壇」を担当。	七月　読売新聞が一等百円の懸賞俳句を募集。

一九〇二（明治三五）	二月　西村燕々、俳誌「近江蕪」創刊（滋賀・大津市）。 七月　「車百合」終刊（十号）。	三月　「アラレ」創刊（埼玉・川口市・草加市）。 九月一九日　正岡子規没。
一九〇三（明治三六）	一月一九日　橋詰蟪蛄、俳誌「糸瓜」創刊（大阪）。翌年から亀田小蛄が編集。	
一九〇四（明治三七）	二月　中川四明「懸葵」を創刊。 一一月二八日　松瀬青々『妻木冬之部』（句集）発行。	
一九〇五（明治三八）	四月一五日　松瀬青々『妻木新年及春之部』（句集）刊。 七月五日　平畑静塔生まれる（和歌山）。 七月二八日　松瀬青々『妻木夏之部』（句集）刊。	
一九〇六（明治三九）	一月　松瀬青々『妻木秋之部』（句集）刊。 四月　四明、俳論書『俳諧美学』刊。	八月　碧梧桐の全国行脚開始。
一九〇七（明治四〇）	二月二日　長谷川素逝生まれる（大阪）。 三月　虚子、比叡山に滞在。祇園一力に遊ぶ。	九月二日　陸羯南没。

	三月　漱石、京都に滞在。	
一九〇八（明治四一）	一月　「から鮭」創刊（神戸）。選者は青々、虚明、蜃楼、渓舟、春沙。 九月　高田蝶衣、『烏舟』（句集）刊。 九月　原石鼎、京都医専に入学。校内に「春蟬会」誕生。 四明、「日出新聞」に「俳話」連載開始。	
一九〇九（明治四二）	六月一九日　村山古郷生まれる（京都）。 六月　四明、第二回俳画会（浄宗寺）。	一一月二五日　「朝日新聞」が文芸欄を開設。
一九一〇（明治四三）	三月一〇日　下村槐太生まれる（大阪）。 五月　中川四明、自選句集『四明句集』刊。	一〇月一七日　三森幹雄没。 一一月　碧梧桐、無中心論を提唱。 一二月　碧梧桐『三千里』刊。
一九一一（明治四四）	四月　四明、『触背美学』刊。	四月　荻原井泉水「層雲」創刊（東京）。 一〇月　「朝日新聞」が文芸欄を廃止。
一九一二（明治四五）	四月　武定巨口『つは蕗』（句集）刊。 七月　俳誌「紙衣」創刊。	七月　虚子、「ホトトギス」に雑詠選を復活。
一九一三（大正二）	六月八日　句仏主催の曲水の宴（枳殻邸）。	
一九一七（大正六）	五月一六日　四明、死去。六七歳。	

＊亀田小蛄の「明治大阪俳壇小史」（「糸瓜」第二十七号、大正十三年五月）、角川書店『俳文学大辞典』（平成七年十月）などを参考にした。

解説——中原幸子

大阪俳句史研究会では、明治時代に関西俳壇の基礎を築いた俳人たちの句業をまとめるべく、「大阪の俳句―明治編」全十巻をシリーズとして刊行してきた。この別巻『明治大阪俳壇史』ではその俳人たちによる俳壇が大阪に生まれ、広がっていった足跡をたどった。ここで「俳壇」とは、正岡子規が新聞「日本」（明治二二年創刊）を拠点として推し進めた「俳句革新」によってもたらされた「日本派」（新派）俳句が形成する俳壇を意味する。

当初の予定では、この『明治大阪俳壇史』は亀田小蛄の「明治大阪俳壇小史」（雑誌「糸瓜」第二七号、大正一三年五月）をそのまま一冊にする計画であった。現在のところ、この俳壇史がもっとも詳細であるから。だが、実際に編集作業にかかろうとしたら、詳細なだけに読みづらいことに気づいた。そこで、方針を転換し、できるだけ平易なかたちの大阪俳壇史を構成することにした。

右の目的のために、二〇〇八年四月、坪内稔典の佛教大学研究室で、俳壇史研究会が始まった。参加者は小枝恵美子、塩谷則子、中原幸子、陽山道子、舩井春奈、坪内の六名、毎月二回のペースで九回の集まりを持った。

研究会では、新聞「日本」の記事、亀田著『子規時代の人々』(昭和四二年、うぐいす社刊)、正岡子規の著作などから坪内がピックアップした記事を、メンバーが全員で精読し注を加え、ルビや句読点をほどこした。また、「明治大阪俳壇史年表」も作成した。以下は本書に収録した文章の簡略な解題である。

●蓮看の蓮看ず(上)(下)　中川紫明(後・四明)

京都在住の中川紫明と寒川鼠骨に大阪から水落露石が加わって西大谷本廟の蓮を見に行く計画を立て、出掛けたものの寄り道ばかりで結局蓮は見ずに終わってしまった顚末を洒脱な文体で記したもの。この散策の最後に京阪在住の俳友たちで「満月会」という名称の会を立ち上げ、成果を「日本」に発表することを決めた。この散策記は直ちに「日本」に送られ、(上)は明治二九年八月一八日付、(下)は翌八月一九日付「日本」の「雑録」欄に掲載された。これが関西での日本派俳壇の誕生であった。

●京阪俳友満月会無趣意書　五百木瓢亭

五百木瓢亭（明治三（一八七〇）〜昭和一二（一九三七））は「日本」社員。ジャーナリスト。本趣意書は「京阪俳友満月会」発足に当たって作成されたが、世の常識に敢えて逆らい、「無趣意書」と銘打って、「日本」に発表された。一九条に亘る規約案と付記二条も併記。「日本」掲載は明治二九年九月二一日だった。

●京阪俳友満月会第一回記　寒川鼠骨
京阪俳友第二回満月会　中川四明
京阪俳友満月会第三回記　水落露石

第一回は明治二九年九月二一日、第二回は同一〇月二一日、第三回は同一一月一五日に京都で開催。いずれも「日本」に予告が掲載され、全国の俳友たちの関心を呼び、兼題への投句も多数寄せられた。俳句のいわゆる「新聞時代」の到来を思わせる。回を追うごとに大阪の俳友の参加が増え、大阪満月会発足の気運が高まった。

●京都俳壇の起り　亀田小蛄

小蛄（明治一八〔一八八五〕～昭和四二〔一九六七〕）は大阪生まれで、子規や明治の俳句の研究に業績を残した。俳誌「糸瓜」を主宰。

前述の「蓮看の蓮看ず」に触れつつ、京畿の明治俳壇をその揺籃の殻から飛躍的に全国へと拡がる過程を述べ、四明、鼠骨、露石の功績を高く評価する。

●大阪俳壇の起り　亀田小蛄

京阪俳友満月会を母体として生まれた大阪俳壇の成長の記録である。新聞「日本」による俳句革新の全国への拡散、新しい俳句の拠点「車百合」が生まれたことにも言及、大阪での近代俳句俳壇の始まりから全国への拡大が記述される。

●神戸俳壇の起り（小描）　亀田小蛄

神戸において新しい俳壇を牽引したのも新聞であった。当時神戸唯一の新聞であった「又新《ゆうしん》日報」に俳句を掲載すること、「京阪俳友満月会」や「大阪満月会」と交流することで、神戸に近代俳句の俳壇が生まれてゆく経緯が述べられる。

●車百合に就きて　　正岡子規

長い間停滞していた大阪の俳句文化が息を吹き返し、日本派の俳句雑誌を誕生させたことを祝って「車百合」第二号に子規が寄せたもの。悪口とも見える厳しい大阪への批判に乗せて祝意を述べた、子規らしい一文である。

●明治大阪俳壇史年表　　俳壇史研究会編

この年表は、明治二五年ごろから新聞「日本」を拠点に繰り広げられた子規の俳句革新によって、近代俳句が全国に拡がってゆくようすが俯瞰できる構成とした。

明治時代の大阪俳人のアンソロジー

大阪の俳句別巻　明治大阪俳壇史（めいじおおさかはいだんし）
二〇二一年七月一日　第一刷
編著者――俳壇史研究会
編　集――大阪俳句史研究会
発行所――ふらんす堂
〒182-0002 東京都調布市仙川町一-一五-三八-2F
電　話――〇三（三三二六）九〇六一　ＦＡＸ〇三（三三二六）六九一九
ホームページ　http://furansudo.com/　E-mail info@furansudo.com
装　丁――君嶋真理子
印刷所――三修紙工㈱
製本所――三修紙工㈱
定　価――本体一二〇〇円＋税
ISBN978-4-7814-1380-8 C0095 ¥1200E